U0062041

漫畫少女偵探

7

幽靈火車

君比 著

山邊出版社有限公司

目錄
contents

《漫畫少女偵探》是我在山邊出版社其中之一的系列作品，亦是我嘗試寫的偵探小說。幸好得到一羣讀者的歡迎，我便有信心繼續一集一集寫下去。

寫現實生活小說的時候，我很容易便可以投放很多感情在主角身上，和他們一起經歷喜與悲，甚至生與死。

寫偵探小說，我可以天馬行空，讓思路任意馳騁，兩種小說都帶給我不同的感受。

作為女主角，和我「接觸」得最多的當然是小柔。她是聰明剔透的女孩，有偵探頭腦和有正義感。她夥拍有穿越時空超能力的宋基，簡直所向無敵。

有讀者問我究竟這系列會寫到第幾集？

暫時我也未確定。

去年三月開始我患上重病，平筆數月，稍為康復時，又再繼續，以慢速寫完《漫畫少女偵探7》。

一直追看的讀者經常問我下一本書的出版日期。可能我會停一停，想一想，下一個寫作目標是什麼？讀者們，若果有題目，不妨給我建議！

一　煙霧瀰漫的火車

上次，年輕的女孩貝貝被一隻蜥蜴人擄去了，收藏到下水道，一直沒有人知道。

小柔和宋基發現貝貝的時候，其實她早已死了，但仍然顯現的靈魂卻救了小柔一命，好讓他們把下水道的屍身帶出去。

當然，真實的新聞沒有這樣報道。

「如果我們早幾天進入下水道，貝貝可能會獲救。」小柔又這樣說了，她拈起身旁的一朵小黃花，緬懷道。

「你要救所有人，是沒有可能的事。」宋基答道。

「小柔是最有偵探頭腦的初中生，又有俠義之心，永遠想去救助世上每一個人。」王梓笑道。

「喂喂，你忘了嗎？這個星期張進叔叔要做一些緊急的工程，趁七一這個公眾假期，要我們把小柔帶到戶外地方吸收新鮮空氣、在郊外走走，目的是盡量不讓她惹上什麼案件或可疑人物，給她專注休息一會兒，過回一個中學生的正常生活。」

宋基道：「上次小柔大戰蜥蜴人，張進叔叔回想起來，認為實在太危險了，他不想小柔再遇上這些可怕的生物。始終小柔是張進叔叔的獨女，也是他最寶貴的親人，大家要謹記！」

「當一個普普通通的中學生，簡直是易事啦！如果可以幫忙處理複雜的案件，那不是更好嗎？」小柔回道：「我要做個有貢獻的人，多用偵探頭腦和處變不驚的態度去處理事情。」

小柔從草地上坐起來，正要拍拍身上的泥土和雜草，突然耳際卻響起奇怪的聲音。起初，小柔沒發現任何異樣，但她心思縝密，剎那間就已感覺到不妥——還是大大的不妥！在這鳥不下蛋的地方，既沒公車站、火車站，人跡罕至，怎麼

會清楚地聽見火車的聲音？

「你們聽到嗎？那是不是火車聲？」小柔緊張地問。

「有！我也聽到了！但是這兒只有花草樹木，根本沒有火車軌……我雖然不知道聲音來自哪個方向，但感覺到它越來越近！」徐志清回道。

「這兒是郊區，根本沒有火車軌或者火車站，大家聽見的或許只是幻覺？」王梓又道：「那火車聲還是我們小時候，看卡通片時聽到的轟隆轟隆的舊式火車聲音！那等於存在我們童年時的火車聲！不會是真的。」

四周沒有成年人，就只有小柔、宋基、王梓和徐志清。

他們覺得如幻如夢的火車聲就來自在他們身後，四人換了個眼色，便「一、二、三」一起站起來往後面看。

啊！後面果真有一列火車！像煙霧般迷離，但的的確確是一列小火車，火車頭更有濃烈的煙冒出。可惜，就算你站起來，也不可能看到它的全相，因為大部分的車身都被煙霧掩蓋了。根據小柔對火車的點點認識，那應該是一列英式的柴

轟隆——
轟隆——
車尾有一個女人……
是一列英式的柴油火車?!

油火車。

火車總共有四卡，大家看着火車頭衝向這邊，差點沒撞到山坡上，卻又隨即拐彎，向前面的夜空飛快駛去。

最後那卡列車即將跟着駛離，小柔卻眼利，看見車廂最末位置，有一個女子站着發呆。

王梓也見到女子，二話不說就想上前把這個女子拉下來。

「千萬不要上車！王梓！我怕你不能回來呀！」小柔高聲提醒。

二 神秘的謀殺案

王梓旋即站定，沒有追上前去。

這奇怪的火車越開越遠，轉眼間火車連人就隨着越滾越大的煙霧神秘地消失了，轟隆轟隆的火車聲也隨着煙塵的消散已逐漸聽不到了。

「小柔，你是否早知道這一列火車的存在，今天特別帶我們來這兒尋找火車呢？」幾位年輕人呆呆看着前方虛空處良久，宋基突然問道。

「當然不是啦！我怎會知道那列火車會經過這兒？你們以為我是未卜先知嗎？」小柔反問道。

「那麼，你為什麼會知道，如果我上了火車後會有機會不能回來呢？」王梓問小柔。

「難道你們沒有聽聞一九六五年七月一日，在英國奎爾刀鎮市郊突然出現了

幽靈火車嗎？據說就只有幾列幽靈火車的存在，就算是前面沒有路軌，它也會突然出現，又突然消失！這段新聞你們真的沒有聽過？」小柔瞪大了眼睛看着他們。

「這不是正式的新聞報道吧，又是你不知在哪裏看的網上新聞？」徐志清在草地上滾了一個筋斗，滾到小柔身邊問道。

「我真的是在報章報道裏看過，那份報章是你們也曾經看過的！只是你們從來沒有在意！而且你們沒有我這麼記性好！」小柔不忘誇耀一下自己。

「那個只不過一萬二千人居住的小鎮，本來居民相安無事，但因為城中最有錢的梅爾濱老太太在一個深夜發出幾聲淒厲的尖叫聲，鄰居聽到已經馬上報警，當時當值的警員到來時，發現躺在睡房牀上的梅爾濱太太已經斷氣，她的身上由頸項至胸口有至少七至八道深深的傷痕，警方已確定梅爾濱老太太是被謀殺而死。究竟是誰殺死老太太了呢？」小柔環視他們一圈，還鬼聲鬼氣地續道：「警方在老太太家中找不到任何兇器，不過，老太太家中十二名僕人，有五個已慌忙逃走了，剩下的七個，說他們早已睡着，不知道發生了什麼事。」

「那麼失物方面呢？梅爾濱老太太是全城最富有的，被殺害之後，家中的錢財物品一定被肆意搶奪吧？」徐志清問道。

「並不是呢！警方和僕人嘗試點算梅爾濱老太太家中的錢財，發現金錢和她的鑽飾全部都沒有失去，僕人們發現失去的就只有三件物品。據說失竊的這三件物品被藏在這列幽靈火車上呢！」小柔慫起肩膀，回答道。

「是三件什麼物品？」宋基問道。

「三件物品是什麼？請等等！因為資料是我很久以前看過的，我自己也忘記了！」小柔馬上把手機取出，翻查網上的新聞。

「小柔，你還是不要再查下去了！張進叔叔希望你休息一下，你再翻查資料，又會變成在偵查另一宗案件了！」

「既然這麼有緣分讓我遇着這列幽靈火車，我不得不偵查這宗案件，所以，不要制止我，也不要告訴我爸爸！」小柔堅持道。

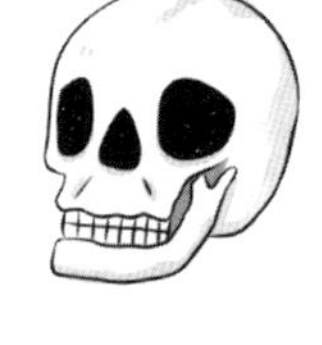

三　家中竟然藏有頭骨

「終於找到了！三件在梅爾濱老太太家中被盜竊的寶物分別是：

一、一個於一七九〇年在法國製造，有三呎半高的銅器雕花古董大鐘；

二、一個著名人士的頭骨；

三、一對英國兒童玩偶，一男一女，約莫在一八〇〇年製造。」

小柔終於在網上找到一批被盜寶物的相片了，她興奮地如數家珍，好像那一批寶物就在她手上一般。

「最值錢的應該是古董大鐘，如果有過幾百年歷史，一定可以賣很多錢；其次是英國的玩偶，永遠都會有收藏的客人；不過，那著名人士的頭骨到底是誰人的？」宋基問，語氣充滿神秘感。

「究竟是誰的？」王梓和徐志清也非常好奇。

「頭骨是屬於一個劇作家和詩人的，他叫做迪戈耳。」小柔臉上保持神秘的色彩，繼續回道。

「迪戈耳是誰呢？我從未聽到過他的名字！肯定不是出名的人物！」宋基笑道。

「但是梅爾濱老太太家中的失物有一件就是他的頭骨，那麼一定有值得珍藏的價值了。」小柔回道。

「迪戈耳這個人或許是梅爾濱太太的親戚，又或者是她的朋友。」徐志清道。「若不，在自己家中藏着一個陌生人的頭骨，是一件多麼恐怖的事！」

「算啦！現在快六時了，幽靈火車已經消失蹤影了，而且我們還約了張進叔叔吃晚飯，不如我們離開吧！」王梓結束這段對話。

幽靈火車的乘客

「今天你們往哪兒去了？」張進和幾位年輕人在茶餐廳吃晚飯時問道。

「沒什麼！我們照你的吩咐，就到郊外散步，什麼也沒有做。大家躺在草地上，悶得差一點就睡着了。」徐志清回答道。

「你們差一點就睡着，結果並沒有，是什麼原因呀？」張進巧妙地問道。

「因為給某些東西吵醒了！」王梓順理成章地回答道。

「是什麼聲音？」張進問道，連碗筷也放下了。

「一些你想像不到的奇特聲音！我猜如果張進叔叔你聽到，也會忍不住開始偵查。」徐志清回道。

「哼！我對你們徹底失望！我要你們看着小柔，不要讓她牽涉在任何案件中，結果呢？」張進忿怒地道：「今次她又牽涉在什麼案件裏面了？」

「今次的案件是涉及幽靈火車！」小柔興奮地道。

「普通火車還不夠，今次還要牽涉上幽靈火車？」張進怒氣沖沖：「惹上這些鬼魂物體，我怕會『易請難送』！你們今天真的看見了那幽靈火車嗎？」

「是的！」小柔雀躍地道：「我們還看到火車最尾那卡上站着一個女子，神情很是哀怨呢！」

「今天你們看到在幽靈火車上的是鬼魂呀！你們完全不害怕嗎？」張進問道。

「當然不會害怕！有幸遇到這些數十年前的幽靈，我們還非常興奮！」徐志清回道。

「如果你真的被捉了去，關在幽靈火車上，你就要永遠當一個回不了家的人！」張進環視四周，長長歎了一口氣，「我以前也有看過幽靈火車的新聞報道，說真的，追捕幽靈的事實在震撼又刺激，但要我放棄家人去追隨幽靈火車，卻絕對沒有可能！為了幽靈火車上的寶物而願意拋夫棄女的人，我更是一點都不能認同！」張進忿忿不平地說。

在座的幾位年輕人聽到張進的話，不禁摸不着頭腦，同聲問：「張進叔叔，你究竟在說誰呀？你認識有人放棄丈夫和女兒而上了幽靈火車嗎？」

張進連忙道：「才沒有！沒有！你們別亂說！我只是舉個例罷了……」

徐志清說：「張進叔叔不說，可能有你的苦衷。小柔如果對這宗案件有興趣，她一定會追查下去，到時我們就知道，張進叔叔說的是誰了！」

張進聞言，隨即改變了話頭：「我有兩名中學同學，對鬼神的事非常感興趣，小息時經常談論起幽靈火車。我見他們的最後一面，就是二十多年前在我們學校附近。當天我們到學校後的山坡玩耍，突然一列幽靈火車轟隆轟隆開過我們面前，我嚇得站在原地，動也不敢動。」

「原來叔叔比我們還要膽小！我們今天看到幽靈火車，現在還不是沒事人一般嗎？」王梓道。

「你別打岔！當時其餘兩位同學，其中一個是跳高高手，他一提起腳便上了

最後一卡車，另一個就被他一拉，也跳了上去，我目睹他們站在最後一卡火車，向着我微笑揮手，似乎那裏才是他們要去的地方。從此，他們便消失影蹤了！你們說，一夜之間，兩位同學在我眼前失蹤，再大膽的人也會害怕吧？」張進道。

「那也是。後來呢？」王梓道。

「他們失蹤一天之後，他們的家人在各大報章刊登了尋人啟事，可惜怎也尋不着他們，恍如人間蒸發了！」張進道：「說起上來，他們失蹤當天，也正正就是七月一日，是我其中一位同學生日的日子。當時我們本來想在後山玩一會，下午五時回家舉行生日派對，怎料發生了這件事，我連人生中第一個生日派對都沒有去參加呢！」張進似乎仍覺遺憾。

五 幽靈火車的時間表

「張進叔叔，為何你不把目睹幽靈火車的事告訴同學的家人？」宋基追問道。

「若果我跟大人說，我的同學跳上了幽靈火車，又在空氣中消失，我敢肯定他們會把我關進精神病院。」張進道。

「爸爸，你看見幽靈火車的時候是幾多歲？」小柔問道。

張進放下了筷子，回道：「那年我十六歲。現在回想起來，我還是覺得，離開了的兩個同學依然在火車上，年齡依然是十六歲，不過他們有怎樣的經歷呢？現在的他們，很可能已成為幽靈了。他們有沒有曾經離開幽靈火車？若有的話，又是什麼時候呢？我也很想知道，幽靈火車上還有哪些乘客呢？」

小柔又問：「爸爸，你有沒有聽過梅爾濱老太太的事？」

張進雙眼瞪得老大，連忙說：「咦？你也知道梅爾濱老太太？小柔，你果然是古怪案件的『發燒友』，連幾十年前的奇案你也研究過！我當然聽說過梅爾濱太太，聽聞她家中的寶物就是被藏在幽靈火車上。我當時還經常想，她家中被盜竊的物件是否在火車上？盜匪會把盜竊的物品一直放在幽靈火車，永遠據為己有嗎？我真的非常好奇，擁有這些物品便是擁有人生意義？

「根據紀錄，這一列幽靈火車最詭異之處，是它曾經在各個國家突然出現，又突然消失。不少人見過它的蹤影，也聽聞過它的故事，有人深信梅爾濱老太太那三件寶物就被放在幽靈火車上。據說那列幽靈火車每三個月才會出現一次，只要你有勇氣到火車上尋找寶物，又有足夠能力掙脫車上所有幽靈的糾纏，成功逃走，你便擁有改變世界的能力了！」

宋基道：「改變世界的能力？是怎樣改變？還有還有，你說幽靈火車每三個月才出現一次，你見到幽靈火車是二十多年前的七月一日，而今天我們見到它，碰巧又是七月一日，那是不是表示，三個月後……就是十月一日，它又會再出現呢？張進叔叔！究竟是這樣嗎？」

小柔、王梓和徐志清同樣以疑惑的眼光看着張進，他卻說：「我全都不知道，所有這些都是道聽塗說罷了！你們還是不要問我好了！」

六　三個月後的約會

張進和小柔吃過晚飯後回家，已是晚上十時多，張進工作一天已經十分勞累，洗過澡後就匆匆找周公去了。留在客廳的小柔，眼睛雖然定定望着電視上的韓劇，腦海裏還是離不開那列幽靈火車的回憶，耳際也彷彿響起火車的轟隆聲……「我一定要找出真相！一定要！」小柔大聲説，隨即又想起爸爸已睡了，連忙用兩手掩着嘴巴。

不過兩手掩着了嘴巴，卻掩不住她興奮的心情。小柔拿起手機，開了那個「我們就是大偵探：福爾摩Ｘ」羣組，這個羣組是王梓開的，裏面的四個成員，就是剛吃過晚飯回到家，四位同樣定不下心來的年輕人。

福爾摩柔：你們睡覺了嗎？
福爾摩梓：還早啦，我剛開了電腦，準備找網友打機
福爾摩基：未
福爾摩清：我都未
福爾摩柔：我要宣布一件事
福爾摩梓：結婚嗎？
福爾摩柔：正經
福爾摩清：？？
福爾摩柔：我決定三個月之後，再去今天那山上碰碰運氣，等待幽靈火車的到來
福爾摩基：其實我也有這個打算
福爾摩梓：真的嗎？真要去？又來冒險之旅！YEAH！
福爾摩柔：到時如果它真的出現，我一定會設法跳到車上去，把幽靈火車的

事查個水落石出

福爾摩清：不能回來的話，怎算？

福爾摩柔：我不理了，到時再想吧！我說給你們知，不是要你們陪我，你們可以不來，即使來了，見到幽靈火車，也不一定要跟我一起跳上車

福爾摩基：共同進退

福爾摩梓：you go i go

福爾摩清：別想丟下我

福爾摩柔：好，定了，睡啦，明天再說

（福爾摩柔下線）

（福爾摩柔上線）

福爾摩柔：還有

福爾摩梓：又怎樣呢？

福爾摩柔：keep secret, we four only.

福爾摩基：收到

福爾摩清：OK

（福爾摩柔下線）

七 作戰前策略會議

三個月之約定下之後，四個人一直三緘其口，沒有再說關於這個約會的一分一毫。不過，小柔每晚跟張進說過晚安之後，就把自己鎖在房間內，說要做暑期功課，或者預備來年的課目。

張進一心以為小柔和幾位同學已經忘記了幽靈火車的事，「總算長大了，着緊學業成績了。其他的事，還是不胡亂插手好。」張進心裏想。

他怎會知道，躲在房裏的小柔，每天晚上就在互聯網上東找找、西找找，搜索所有有關幽靈火車的新聞、相片，即使只是傳說，她一樣看得津津有味。

「一九八三年十月二日，華嘉斯新聞天地

多人報稱睹火車衝天

警查無果疑集體失常」

「二〇〇一年四月二日，西方日報
男子謊報遇無軌火車遭扣查」
「二〇一〇年一月二日，月亮報
鬼怪火車！子虛烏有？真有其事？」

小柔搜集了多份不同年份的報紙，當中報道幽靈火車曾經出現的，都是該年一月一日、四月一日、七月一日或者十月一日出現，印證了幽靈火車每三個月會出現一次的傳聞。

至於幽靈火車出現的地方，小柔也掌握了一些線索：奎爾刀鎮市郊曾出現三次，香港紅燈山曾出現一次（連我們上次見到那次，幽靈火車至少在紅燈山上出現兩次！），另外意大利、大連、峇里島等地也曾錄得其軌跡。

九月三十日，小柔偕同三位男同學在茶餐廳舉行了一個「作戰前策略會議」，準備翌日的行動，也把這三個月以來搜集到的資料分享給大家。

「我最後再說一次，我這次行動，不是要你們任何一個陪我去冒險，畢竟幽

靈火車太過神秘，也有太多的傳聞，說上了這列火車就永遠不能回到現實空間了。我們雖是好朋友，但你們也應該要考慮自己的情況，如果真的不能和我共進退，我絕對絕對不會怪你們的！」小柔慷慨陳詞。

宋基道：「我們知道了，你不用再說了。」

徐志清也說：「總之明天我們見機行事，會發生什麼事，現在猜度太多也是多餘吧！」

王梓道：「我們福爾摩X羣，不能少了任何一個！」

最後，「作戰前策略會議」議決，最後策略就是——見機行事。散會。

火車上的女人是誰？

一行四人登上他們留下不少腳毛的老地方紅燈山時，是早上十時正。

「小柔姐姐，其實我們上次遇到幽靈火車是下午五時多，你覺得有必要早上十時開始就在這裏等嗎？」徐志清是出了名的「睡寶」，少睡一秒都要了他的命。

「今天我們要進行這個『奇幻之旅』，想想都覺得興奮，你真的睡得着？我由幾晚之前已開始失眠了。」王梓說。

「雖然我做了資料搜集，對於幽靈火車出現的日子也許略有把握，但時間我是真的說不準。我寧願早點來在這裏等囉……」小柔道。

細心的宋基把自家製的火腿蛋三文治分給各人，大家就各自沉默地吃起來了。畢竟今次行動有它的危險性。「如果幽靈火車真的出現，我是不是要跳上火

車？要是再也回來不了，往後又會如何？」大家心裏都七上八落。

縱使心事重重，對大無畏的年輕人來說，憂慮不消三分鐘就消失無蹤。之後，大家又東拉西扯你吵我嚷，直到午後，各人都躺在草地上假寐，就好像三個月前那一天一樣。

朦朦朧朧間，小柔不知道是被什麼驚醒了。一看手錶：五時三十分，同時耳際響起第一聲「轟……隆……轟……隆……」的聲音，彷彿來自幾千幾百米以外的遠方。小柔左右一看，王梓、宋基都醒過來了，只有「睡寶」徐志清側着身仍在睡。大家連忙把他拍醒，叫道：「徐志清！醒呀！行動開始了！」

小柔雙腳左右踏步，又拉筋又扭關節，就好像馬拉松選手即將開始比賽一樣。

「轟……隆……轟……隆……」聲音越來越響，他們往聲音來源處引頸張望，等待火車的出現。

「來了！」幽靈火車的第一卡終於在眼前出現，果然就是一列舊式柴油火車，黑色的車頭，車身下半部是紅黑相間的條紋，非常搶眼。火車頂部不停噴出白色的煙，真正觸手可及，卻又如夢似幻。小柔道：「如果不是在此時此刻親眼目睹柴油火車駛過，我一定以為自己在博物館欣賞文物呢！」

火車頭領着後面三卡列車，以時速約七十公里在山坡側開始略過。

小柔起動了！後面三把聲音同時大叫「小心呀！」

幽靈火車與地面距離約有兩米遠，要跑上火車的小柔如果不小心踏空，就會跌入下面的山谷，肯定粉身碎骨。

就在即將要跨上列車最後一卡之際，小柔看見那個坐在車卡末端的女子，看着前方遠處，完全對眼前幾個「真人」視而不見。

小柔心念電轉：「與其我跨上幽靈火車偵察，不如把一直在幽靈火車上的人拉下來吧！」隨即雙手一轉，拉緊那女人的手，然後扭腰一個反身，雙腿往後向火車一撐，就把女人拉了出來，一起跳回兩米之外的山坡平地上。

兩個人在草地上滾了數圈，小柔年輕，翻身起來就查看那女人是否受傷了。

跳起——

混亂之間，小柔的項鏈被甩到衣服外，王梓看見項鏈的吊墜是一個足金金牌，上邊刻的是一個「柔」字。小柔一向覺得這個吊墜款式老套，但爸爸堅持要她每天帶在身上，所以她總是把它藏在衣服下面，很少人見過。

小柔下意識想把項鏈塞回衣服下，怎料那女人一見到那個吊墜，就好像被人點了穴一般，一動也不動，只是張大了嘴定睛望着小柔。

「你怎麼會有這個吊墜？你認識小柔？你是誰？」

小柔的眼睛也睜得老大，望着面前的女子，一臉不解。「你又是誰？怎麼會知道我的名字？」

「你身上的吊墜是我親手刻製給我女兒小柔的，你和小柔有什麼關係？為什麼吊墜會在你身上？」女子開始用力，想把吊墜給扯下來。

「這個吊墜是我的，我爸爸說，是我媽媽留給我的！你不要亂說！」

「你爸爸？你爸爸是誰？」

「我爸爸叫做張進。」

「小柔！真的是你！」女子把小柔一擁入懷，雙手在她背上磨搓，淚水就再也止不住了。

小柔掙扎起來，看到火車已經隨着煙塵遠去，心想幽靈火車的眾多秘密看來要着落在眼前這位女士身上了。

「你到底是誰？為什麼會在幽靈火車上？你又為什麼會認識我？」小柔連珠炮發。

「我……我……我是你媽媽。」女人回覆道。

九 為了神秘事件放棄家庭

宋基、王梓和徐志清望着母女二人，知道她們一定有很多心事要細談，都識趣坐得老遠去了。

「為搞清楚你的身分，我一定要問你幾個問題，如果你真是我媽媽，你一定懂得回答。」

「好，你問吧！」

「我爸爸做什麼工作？」

「你爸爸張進是一個裝修判頭。」

「那你的名字是？」

「吳雪麗。我是兩年前離開你們闖上幽靈火車的，當時你才三、四歲。」

「你不覺得這個謊說得有點過分了嗎？兩年前離開，我當時三歲？你看我像

五歲的小孩嗎，我今年十五歲了！」小柔氣上心頭。

「這中間的原委，你是不會明白的了。」

「我才三歲你就走了，難道你沒半分不捨的嗎？你上幽靈火車的目的是什麼？有什麼比起家庭、比起親愛的丈夫和女兒更加重要呢？」小柔激動地道。

「總之是一言難盡啦！今天給你遇上幽靈火車，又正好被你由火車上拉了下來，看來我要再想辦法重新登車了。」

「你說兩年沒見我，其實我是十多年沒見過你了。重遇我之後，你想的不是要回來我們身邊，反而是要重登幽靈火車，你是決意放棄我、放棄你的家庭了嗎？」

「小柔，天下間哪有母親不希望每天親親自己的兒女、看着他們長大呢？但有一件事非常重要，如果這件事沒有完成，我是不會回來的。我希望你和你爸爸能體諒我。」吳雪麗又落下兩行淚。

「究竟是什麼事？媽媽？你要告訴我！否則我是不會讓你走的！」

「這件事太神秘了，小柔，我說出來會把你嚇得半死的。我看你還是和你的朋友快點回家吧！」

「不！你太小看我了！我年紀雖然還小，但已經偵破了不少奇案，我親眼見過蜥蜴人，我曾經穿梭過去和未來，我捉拿過販賣器官的壞人……總之，無論你說的是什麼神秘事件，我都會受得住的！你快說吧！」

這時，眼見天色越來越暗，太陽早已下山了。宋基在一邊就提議：「伯母、小柔，不如我們先去吃飯吧！我看大家也累了，吃飽了再詳談吧！」

十 梅爾濱家的女傭

回到山下，天已全黑，大家決定去一家離小柔家較遠的餐廳吃晚飯，因為吳雪麗表明不想在這個時候碰到張進，免得大家互相質問一場，又來傷心一場。

吳雪麗進食的時候十分沉默，大部分時間低下頭，對於幾位年輕人的笑話完全不為所動。徐志清細細端詳這位從來未出現過的「伯母」，覺得她只是三十歲出頭，一想到張進的形象，似乎就有老夫少妻的感覺。

終於，侍應把桌上最後的飯菜都撤下了，大家面前各有一杯飲品，是最適合談心的時候了。

「媽媽，究竟事情是怎樣的？你可以全都告訴我

嗎？」小柔憋了很久，終於提問了。

吳雪麗深吸了一口大氣，然後長長的呼出，說：「在我的時間點來說，其實我只是離開兩年罷了。」

「兩年？在我們『這邊』是超過十年的時間！」王梓道。

「沒錯，在幽靈火車上的時間軸是完全脫離現實的，總之你們要明白，在現實世界中，幽靈火車每三個月就會在某地出現一次，從來不曾間斷。」吳雪麗道。

「可以理解為巴士的循環線，總之它沿着特有的線路不停走不停走，根本沒有終點站。」宋基道。

吳雪麗說：「沒錯，是可以這樣理解的。小柔，其實要把整件事情告訴你，我必須先對你說你曾外婆的故事。」

「曾外婆？那就是你的外婆了？她不是在很久以前就已經過世了嗎？」小柔連忙問。

「在你的時間點來說，是這樣沒錯。在我的時間點呢？她不過是幾年前去世的。」吳雪麗道。幾個年輕人聽到這裏，可能需要一點時間去接受和沉澱這個嶄新的概念，都噤聲良久。

吳雪麗續道：「我外婆叫做陳金妹，一直是一位做『住家工』的女傭。一九六二年時，她受僱於一個在香港生活的英國家庭，就是梅爾濱先生和他的妻子……」

「啊！梅爾濱太太！是不是後來遭人謀殺的有錢太太？」小柔驚叫。

「對！你怎麼知道的？」吳雪麗一臉不解。

「媽媽，你先繼續說，你說完了，我們再把故事的各個板塊拼貼起來吧。」小柔道。

「梅爾濱先生是大英博物館的館長，到香港來短居，希望搜集多點東南亞的古物和遺跡。當時我外婆作為他家的傭人，做事十分認真，而且性格乖巧，很得梅爾濱兩夫妻的鍾愛。後來當梅爾濱先生工作完畢了，舉家回歸祖家，就以高薪聘請我外婆一同到英國，到他們家當起管家來了。」吳雪麗說：「當時外公年紀輕輕已因病去世，外婆一個人帶着我媽媽，決定從此離開香港，為梅爾濱家繼續打工，老了就在英國退休算了。」

「媽媽，我還是不明白……」小柔正要追問，卻被吳雪麗打斷了：「你先不要問，讓我先把故事講完。」

發現梅爾濱太太的屍體

吳雪麗的自述：

外婆帶着媽媽，踏入英國這個陌生的國度，每天為梅爾濱家盡心盡力，照顧得他倆妥妥貼貼。而媽媽也得到當地的良好教育，自小知書識禮，是外婆最感寬慰的事。

後來在一九六五年，某個下大雨的晚上，梅爾濱家的莊園竟然發生了那件恐怖的事。

梅爾濱先生因為要出差，整個星期離家，偌大的莊園就只有女主人、外婆和十一個負責不同工作崗位的傭人。

當晚的雨下足了整夜，傭人們把工作做妥後，都早早休息了。而作為管家的外婆，在服侍梅爾濱太太吃過夜宵後，也回房睡覺去了。怎料翌日大清早，外婆見習慣早起的梅爾濱太太遲遲未醒，便小心翼翼推開她的房門查看。

外婆輕手輕腳，想走到梅爾濱太太的牀邊。越往前行，空氣裏的血腥味道就越重。她連忙上前，赫然發現梅爾濱太太腰間插着一把利刀，倒在血泊之中，早已斷氣了。

警察、救護員到大宅忙了大半天，外婆查點大宅的財物，發現只有三件失物，就是古老大鐘、那個用玻璃箱鎖在保險大櫃內的恐怖頭骨，和那對梅爾濱太太最喜歡的玩偶。

至於十二個傭人，在知道太太去世的事之後，有五個趕忙辭掉工作，當晚就離開大宅了。

至於外婆，在梅爾濱先生回到莊園後，雖然想繼續為他家服務，但梅爾濱先生傷心過度，精神慢慢失常，最後把所有傭人和管家都趕走了。

外婆帶着媽媽回到香港，幸好她在英國一直節儉，返到老地方就拿着手裏一點積蓄重新生活。

後來媽媽在香港結婚，生下了我，三代同堂一直樂也融融。至到三年多前，年紀老邁的外婆終於因為器官衰竭而撒手人寰。

我和外婆感情一直很要好，她老來病了，我也經常前去探望。直到她彌留那晚，醫院護士跟我說，外婆要見我，只單獨見我一個人。

我踏入外婆的病房，其他親人都淚水汪汪，見我外婆要跟我單獨說話，都識趣走遠了。

外婆對我說，這是一個天大的秘密，她以為她可以把這個秘密帶入她的墳墓，從此不讓世人知曉。但當她閉眼準備走上人生最後的幾個小時，回憶就像留聲機般在她腦中不斷回播。

十二 雌雄大盜宇宙天鷹

吳雪麗的自述：

「雪麗，婆婆要走了，很快就要走了。你要好好活下去，努力生活……」

聽到這裏，我的淚水已經完全不受控制，人也即將崩潰。

「雪麗，你別哭。現在我要跟你說的事，我知道自己沒有再說一次的機會，所以你要好好聽，小心記好。」

「你早已知道梅爾濱太太被殺的事吧，這麼多年以來，多少你也知道她被

殺的點滴，不過，我從來沒對你媽媽和你提及她被殺的原因。這宗命案的真正原委，當年警察、偵探統統不明所以。大宅失竊、三件物品被盜、梅爾濱太太遭人謀殺，警方調查很久之後仍一點頭緒也沒有，至今仍是懸案一宗。」

「不過對不起，我要把調查的重任放在你肩上了。回想梅爾濱太太一直對我非常好，對你媽亦有如親生女兒一般，這幾天我回想起來，她對我們家是有恩情的，我不能再逃避這件事了。你一定要把這宗案件查明，讓梅爾濱太太在九泉之下，也能死得瞑目。當年帶着你媽，我既不敢、也不想再牽涉入案件之中，現在我快要死了，重責也只得交給你了。」

「婆婆，這宗案件到底是誰做的？是誰令你如此害怕？」

「是宇宙天鷹。」

我茫然，完全沒有聽過。

「宇宙天鷹是一對雌雄大盜，女的叫作宇天，男的則叫宙鷹。」

依舊茫然，名字太古怪。

「我發現梅爾濱太太屍體當天，發現她腰間插着的，正是宇宙天鷹的匕首，上面刻着那頭鷹，我曾經在梅爾濱先生的筆記本上看過。我記得梅爾濱兩夫妻有一次談起大宅內的珍藏，提到有三件寶物只要同時使用，就有改變銀河規律的能力。我當時聽得一頭霧水，也沒放在心上。後來發現失竊的物品，剛巧就是那三件寶物，我就猜想梅爾濱太太的死，一定是宇宙天鷹所為！」

說到這裏，外婆已經上氣不接下氣，氣喘連連。

「梅爾濱太太被殺那晚，我在自己房間隱隱約約聽到火車的聲音。從窗口向外望，果然是一列柴油火車，當時我不知道，只覺得非常奇怪。過後想起，一定是宇宙天鷹作案之後，乘坐這列幽靈火車走了，想當然那三件寶物也被帶到火車上了。」

「婆婆，你說宇宙天鷹拿了那三件寶物，那就是說他們已經擁有改變銀河規律的能力了嗎？是如何改變呢？」

「這些我全都不知道，現在都靠……你……了……」外婆說完了這一句，一口

氣再也咽不過去，就此走了。

當時我好想告訴外婆，其實我已懷了身孕，連寶寶的名字也想好了，叫作張小柔。有了寶寶，我又怎樣再去偵查幽靈火車和梅爾濱太太的事呢？

生了小柔之後的第一年，我每天都非常享受照顧她的時光，只因在心底深處，我知道我們即將要分別了。外婆交託給我的事，一直在我腦內發酵。我開始周圍找尋線索，意圖找到事件的端倪。當時我想，如果能得悉幽靈火車的班次，我一定要闖上火車，找出宇宙天鷹，再讓梅爾濱太太被殺的真相曝光！

我曾經到大英博物館——梅爾濱先生工作的地方找線索，又去到英國奎爾刀鎮市郊的梅爾濱大宅探究，在附近住了近一個月。大宅現在已經荒廢了，要回到現場找線索再也沒有可能。但就是因為住久了，附近的居民都認得我了。

有一天，一位年紀已非常老邁的老先生來到我旅館的房間找我，說知道我在了解當年發生的命案。他給了我一個盒子，裏面什麼也沒有，就只有一本本子。

而這本本子，正是當年梅爾濱先生的筆記本。

我一看，簡直大喜過望！抬頭想多謝那位老先生時，發現他已經走了，一聲不響憑空消失。

直到如今，我還是很懷疑當日那位老先生究竟是人是鬼？究竟他為什麼保存着梅爾濱先生的筆記本？他又為什麼知道我在查考幽靈火車的事？還有最重要的，究竟他為什麼要幫我？

冥冥中大概是有主宰的吧，總之我拿了這本筆記本後，隨即發現內裏對幽靈火車的班次有詳細的紀錄。簡單來說，幽靈火車每年會在同一地點出現四次。

筆記本中亦有指明，幽靈火車十分神秘，沒有多少曾經上過幽靈火車又平安回來的人對在火車上的經歷有詳細的紀錄，不過可以確認的是，幽靈火車的時間值跟真實世界的完全不一樣，實則是如何不一樣，至今仍然是個謎。

說到這裏，往後的事大家也許已經猜到了吧？

十三 第四卡列車上的木箱

「媽媽，那就是說，你按着筆記本上的紀錄，在某個地方等待幽靈火車的出現，然後登上了火車了嗎？」小柔問。

吳雪麗點頭，道：「沒錯。我在新興市的舊工業區等了足足半年，才能闖上幽靈火車。」

「半年？不是說幽靈火車每三個月就出現一次嗎？」徐志清問。

「是，不過我第一次見到幽靈火車時，簡直是手足無措。面對一個如夢似幻的畫面，我花了好幾分鐘才定過神來。到我驚覺它在幾米之外擦過我身邊時，它已慢慢駛離，再也追不上去了。所以我又在同一地點多等了三個月，有了上次的經驗，我決定下次一見到火車駛來，就要開跑，慢慢接近它的軌跡，直到最後能上到它最後一卡的列車。」吳雪麗道。

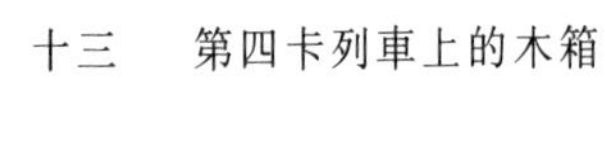

「媽媽，你上了火車，是否已查明了案件的真相？」小柔又問。

「是有一些收穫，不過之後卻處於膠着狀態，再也沒有新進展了。」吳雪麗道。

大家都皺起了眉頭，不明所以。

「幽靈火車是有四卡的，我上的是最後一卡。在那上面藏着各種千奇百怪的收藏品，每一個收藏品都用木箱鎖在架子上，架子一個疊一個，一排一排，估算起來，我想那裏大概有幾千個小木箱。」

「什麼？火車上就只有木箱？難道一個人也沒有嗎？」宋基入神地聽完整個故事，現在終於開口了。

「第四卡列車上，沒錯是一個人也沒有。不過，與第三卡列車連接的那扇門上，有一個玻璃窗子，我看到第三卡列車上，人影綽綽，每一個座位都坐了人，但面目全都模模糊糊的，看不清五官。」吳雪麗道。

「那麼你有沒有去開那些木箱呢？」宋基追問。

「有，我幾乎每一個箱子都開過了，花了我很久的時間。不過，箱子裏頭全都是怪怪的東西，我多番研究，根本與案件完全無關係。唯獨有一個箱子，是我怎樣也打不開的，它的鎖頭就像一個保險箱一樣，我左扭右扭，根本完全摸不着頭腦……」吳雪麗神情相當沮喪。

「保險箱……」小柔和徐志清聽到這裏，隨即對望，再同時看向王梓，「王梓，是你的Show time！」

「我？我怎麼能……」王梓眼神左閃右避。

「今晚也就說到這裏吧！媽媽，明天我約你在王梓家族經營的舖子中，再從長計議。今晚你就先到這街口那家飯店住一晚，好嗎？」小柔道。

「你要應承我，不要告訴你爸爸你今天見到我，否則我寧願獨自離開，一個人繼續查探這宗案件了。」吳雪麗斬釘截鐵的道。

「我知道了。」小柔回應，又對其他同伴道：「明早九時正，我們在王梓那裏見！」

「好！」宋基和徐志清同時道，然後就同時離桌匆匆走了。

王梓在一旁卻大喊：「喂！你們有沒有理會我的感受！喂！回來呀！誰來付今晚的飯錢……」

十四 王梓的開鎖絕活

「小柔，幽靈火車還有三個月才出現，昨晚吃過晚飯回家已經十一時多了，今天有必要這麼早就來嗎？」「睡寶」徐志清又埋怨了一大堆，小柔遞上一大盒熱騰騰的焗鬆餅，說：「九時還說早？我今早六時多已經醒來了，就是要為大家加油，焗了這些鬆餅給你們做早餐呢！」

「睡寶」隨即態度軟化，把鬆餅塞進嘴裏。

九時十分，吳雪麗出現了，「對不起，我遲到了！離開現實世界好一段時間，連方向感也沒有了，差點迷路呢！你們究竟要帶我到哪裏？王梓的家族生意是什麼呀？」

「媽媽，這間舖子就是了！你看！」小柔帶吳雪麗一轉身，身後的大招牌即時映入眼簾：「王氏鎖匠」，下面還有細字標示：「專業解鎖，一切奇鎖怪鎖、密碼鎖、保險鎖，100%解！」

吳雪麗見到這些標語，不禁笑出聲來，說：「王梓，你們家族生意很厲害呢！連標語也設計得特色過人！」

王梓面紅了起來，道：「好了好了，大家進來吧，別在街上瞎鬧了。」

看「王氏鎖匠」這不夠三米的小小門面，吳雪麗打心裏覺得，今次一定是浪費時間了。跟着王梓越過門面那老舊的接待處，側面是一扇窄窄的木門，大家都得把身子都靠側了才能走進去。怎料一跨過那扇門，簡直可以用「豁然開朗」這個成語來形容這地方！

房間的面積肯定超過三千呎，樓底極高，而沿着牆邊擺放的，是一個一個大大小小的保險箱，一個疊着一個，排得密密麻麻，粗略估計，這裏一定藏有超過一千個保險箱！

在房間的另一頭，是一個大木架，木架由地面架起，一直延伸到天花板，隔一呎就有一塊層板，每個層板上都放滿不同的鎖頭，有用鑰匙開的那些最簡單的鎖頭，也有由大門拆下來的密碼鎖頭，當然不缺保險箱左扭右扭那種鎖頭，總之形形色色應有盡有。大家望着這個房間的格局，都覺得大開眼界。

徐志清看着牆上的鎖頭，突然笑說：「王梓，我懷疑上次校務處失竊，該是你做的吧！」

「你別亂說！我家裏由我太太太爺開始就做鎖匠了，傳承的除了開鎖的專業技術之外，還有一個家訓，就是無論家裏富有也好、窮困也罷，絕對絕對不能以家傳的開鎖技術去做任何非法的事。」王梓鄭重的道。

「王梓，這裏鎖雖然多，如果你不懂怎樣開，也是『蛋家雞見水——得個望字』。你的開鎖技術到底怎樣？」吳雪麗問。

「別的爸爸見孩子下課後有空，總是會叫他們溫習呀、學彈琴呀那樣，我爸爸每次見我閒着，就拿幾個鎖要我開，每次還計時呢！這裏的鎖，我都懂開。」王梓引以自豪的絕活曝光，難免要炫耀一下。

吳雪麗在場中遊走了好一段時間，然後回到王梓身邊，說：「第四排第五行第六個、第六排第七行第二個，都好像我在幽靈火車上見到那個開不到的鎖。」

「不用擔心，我重申，這裏的鎖我都懂開。只要帶齊工具，沒有一個鎖可以難到我的。」王梓非常自信地說。

* * *

離開「王氏鎖匠」的大本營，大夥又來到昨晚晚飯那家餐廳一聚。

「現在離下一次幽靈火車出現的時間尚有三個月，我們要怎樣計劃下一步的行動呢？」徐志清問大家。

「我必須再回到幽靈火車上，還要帶着王梓。王梓，你OK嗎？」吳雪麗似已

下了決心。

王梓默默點頭，看着小柔。

「你不用看着我了，我也是必須上的。她是我媽媽，難道我就讓她自己去冒險嗎？」小柔說。

「我可以瞬間轉移，穿梭過去未來，我也要去！反正遇到什麼危險時，也可以立即回到現實世界吧！」宋基道。

曾經踏上幽靈火車的吳雪麗，聽到宋基有這個特異功能，竟然沒顯出半點驚訝，可能經歷過的怪異事件實在太多了。

「那你呢，徐志清？」小柔問。

「你們不是要撇下我吧？」

幽靈火車不是一般火車，不會停定在站上等乘客上車，五個人要安安穩穩闖上車，絕對不是一件容易的事。所以小柔提醒大家，必須在這三個月裏多練習短跑、跳躍，練習得來的「腳骨力」到時定當能夠派上用場。「在這段時間裏，王梓，你真的要多練習開鎖的技術，把時間盡量縮短，可能對我們會有好處的！」

王梓像個聽話的小學生一般，點頭說好。

「另外，這三個月裏，我會和媽媽繼續找尋線索，如果有需要，可能會請宋基帶我們回到梅爾濱太太被殺的案發現場，或者到其他幽靈火車曾經出現過的地點，詳細檢視一下。」小柔道：「這段期間，大家如果見到我爸爸，一定不要告訴他我們在進行的計劃，就跟他說……我已經放棄追查幽靈火車的秘密吧！」

十五 闖關前的最後準備

三個月時間説過便過，今日就是重要日子！

臨離家門的小柔，留下了一張字條給張進，寫道：「爸爸：忘了告訴你，我參加了靜修營，會有幾天不在家。入營後電話將被收起（靜修嘛！），所以你不會找到我的。有機會會打電話給你。愛你啊！小柔字」

小柔恐怕吵醒還在睡夢中的張進，匆匆在家裏的零食櫃裏取下多包餅乾和巧克力，放進自己的背包，就輕手輕腳的離家了。

「爸爸，雖然你不知道我查這件案件的事，我希望你也會祝福我，順順利利找出梅爾濱太太被殺的真相。事成之後，我一定會把媽媽帶回家，讓我們一家團聚，再過快樂的日子。」小柔在心裏説。

*　　*

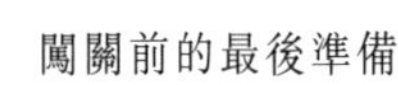

紅燈山上，清風輕拂。這時是早上十時多，離幽靈火車出現的時間還有數個小時。今早第一個出現的竟然是「睡寶」徐志清，他還帶了一張沙灘蓆，一心想着要作長時間的等待。

準備停當，小柔就到了。

「什麼風把你這麼早就吹來了？」小柔問，當然不乏喜出望外的心情。

「次次都是我最遲，今次就突破一下。反正……我也不知道，上了幽靈火車之後，是否還可以活着回來。」徐志清道。

「我明白你的想法，我想大家都有這個擔心的。不過，既然我們選擇了這樣做，現在多想亦無益。再說，即使再難的處境，今次我也不會放棄，因為我媽媽會跟我一起。」小柔說：「你知道嗎？自我懂性以來，爸爸都沒清楚告訴我究竟媽媽去了哪裏，我每次見到他欲言又止的神態，那種失落感，總令我不忍再追問下去了。」

「你能夠重遇媽媽，我真替你高興。」徐志清道。

「多謝你！今次我一定要把這件事查個水落石出，讓媽媽可以了結太婆交待的這件心事。心事一了，自然可以回家啦！」小柔對未來十分憧憬。

「我自然想回家，但今次這件事絕不簡單。」吳雪麗的聲音在他們背後響起，原來她已經到了，還不經意聽到小柔和徐志清的對話。「宇宙天鷹並不是好惹的！你們想想，宇宙天鷹為了取得那三件寶物，不惜殺死梅爾濱太太，可見他們心狠手辣，絕對不是等閒角色。」

「我知道，媽媽，但我也沒有小看這件事，更肯定不會輕敵。我一定會非常謹慎，小心行事。況且我們人多好辦事，放心吧！我們一定會成功的！」小柔滿有信心地説。

宋基和王梓並肩上山，兩個人都揹着一個大背包。

「你們都帶了什麼？好像很重似的？等會我們要闖上幽靈火車，要跑要跳是一定的了，所以輕便上路好重要呢！」小柔道。

「我自然明白啦！我帶的東西都是食品和飲品，今天我們要在這裏好好準備闖上幽靈火車，如果吃不飽，又怎樣戰鬥呢？」宋基道。

「我帶的都是開鎖的工具，雖然重了一點，不過有了它們，我就有了150%的信心！」王梓說。

吃過東西後，大家知道還有幾個小時的等候時間，都在百無聊賴地望天望地，「睡寶」則依然故我，躺在自己帶來的竹蓆上小睡。

小柔趁有時間，趕緊做最後的準備。在腦海裏詳細回憶上次見到幽靈火車的情境、由火車上拉媽媽下來的動作，希望記熟這列無軌火車的行走軌跡。

*　　*　　*

「小柔，別太緊張了，還是趁現在多休息吧！如果我們真的闖得上火車，忙的時間還多着呢！」吳雪麗以慈母的口吻對小柔說。

「媽媽，幽靈火車快要來了，現在倒數，應該還有不夠十分鐘的時間。」小柔問：「你緊張嗎？」

「我還記得上次自己一個人闖上幽靈火車，拼了我很大的勁，也本着豁出去

的心態，想着即使再不能回來了，我在九泉之下也好對我外婆作個交代。」吳雪麗說：「今次呢？今次有你在我身邊，我卻動力缺缺，可能是擔心你要跟我一起面對危險吧！」

「媽，別想太多，我們一定能夠平安回來的。我應承自己，要把你帶回家見爸爸，我們一家人，以後還要開開心心地生活下去呢！」小柔說。

此時，天邊外的遠處隱隱然響起了「隆……隆……隆……」的怪聲，小柔大叫：「大家準備了！來了！」

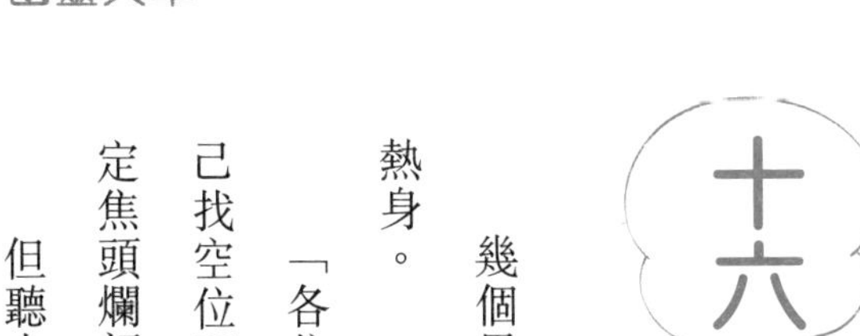

十六 箱子裏的奇珍異寶

幾個男生連忙跳起，把包包揹起，各自原地快步踏，雙手前後搖動，不停做熱身。

「各位！我會第一個先上，媽媽你跟着我，走第二！你們三個，走在後面自己找空位闖上火車！大家要小心，千萬別踏空！下面的斜坡又高又陡，跌下去肯定焦頭爛額。」小柔發號施令。

但聽火車的「轟隆……轟隆……」聲音越來越清晰，大家的心情極為緊張。

「看到了！看到火車的車頭了！它會沿着這邊山坡拐彎，然後向前直駛，火車在我們前面掠過的時間約有八至十秒，大家加油了！」小柔盡最後的努力為大家打氣。

火車頭越駛近，激起的風塵就越大，風吹得各人的頭髮都亂了。

突然，刺耳的轟一聲，幽靈火車的車頭就在他們身邊掠過，然後就正如小柔所說的，火車頭拐了彎就向着無涯的天際衝出去了。

第二列火車接着——第三列——第四列了！遠遠看見火車的車尾位置，小柔大叫：「準備啦！衝呀！」

小柔一躍而前，飛身捉着車尾的扶手，吳雪麗隨後跳上，看着非常順利。

接着宋基和徐志清都穩穩跳上，瀟灑非常。怎料此時卻見王梓背着沉重的背包，跳躍的時刻差了一秒，前腳跳了上火車末端，後腳卻沒有跟得上。

王梓隨即用力捉着面前的扶手，背包差點兒也甩出去了，雙腿在無邊無際的夜空中吊着蕩來蕩去。回頭想跳回平地，只見火車已拐過了彎，離開紅燈山山坡至少十多米遠了。宋基和徐志清連忙捉着他的手臂，一左一右把他凌空抽上來。

一着地，王梓大喊一聲：「好險啊！嚇死我了！」

定過神來之後，眾人把頭伸出列車車窗外望，感受火車在夜空中飛翔，耳際不斷響起颯颯風聲。今次的旅程實在是難能可貴，如果不是有重任在身，大家一定會好好享受這一刻。

小柔第一個走入這卡列車的中央，這裏周圍都是箱子，箱子門虛掩，都是沒上鎖的。小柔隨手打開一個箱子的門，裏面是一個木製的小盒，盒子裏頭隆而重之地放着一塊石頭。小柔把石頭檢起，左看右看，實在不覺得有何特別之處，只是顏色有點鮮豔而已。再看看盒子背後，貼着一張小紙，上面寫着：「女媧用以補天之石頭」。

「嘩，你們來看！女媧原來真有其人，她用來補天那塊石頭就是這塊啊！」小柔向眾人大叫。

宋基在另一排的箱子亦有發現：「我這裏也有希臘女神雅典娜用過的神盾啊！你們看！盾牌上真的刻有魔怪戈爾貢的頭像呢！」

大家你一言我一語，每一個箱子都去看，每一個箱子都讓他們像發現新大陸一般。

吳雪麗終於開口了：「你們不用告訴我了，這裏的東西全是稀奇古怪的寶物，上次來時我都看過了。你們忘了嗎？那個我無論怎樣開也開不到的箱子，我們是要王梓來處理它啊！」

王梓如夢初醒，提起自己最拿手的絕活，立即精神百倍：「在哪裏？那箱子在哪裏？看我怎樣征服它！」

吳雪麗一側身，往列車的最裏面一指，說：「在那裏頭，放在正中央柱子架上面的，就是這裏唯一一個開不動的箱子。」

王梓邁步，越過一排又一排大大小小的箱子，搶先走到裏面的柱子架旁。柱子架有古典哥德式建築的風格，頂頭是平的，大概有五呎高。上面擺放了一個結實的金屬箱子，箱子的一側上中下各有三把鎖，把裏面的寶貝鎖得穩穩實實。

王梓看着這三個鎖頭，心中已有了想法。最上面那個只是普通的掛鎖，合金鋼製，規格50mm，內置純銅鎖芯，雖然甚為牢固，王梓卻一點沒有放在心上。

他在背包中拿出一個扁扁的皮包，打開拉鏈，裏面有二十多條百合匙，也有單鈎。這些工具，小柔連見也沒見過，遑論要說出工具各自的用途了。

王梓拿起第一個鎖頭，像是比一比它的長度。然後在皮包裏拿了一條鑰匙出來。小柔問：「王梓，你怎麼會有這個鎖的鑰匙呢？」

「這條鑰匙是一條萬能百合匙，不是專為這個鎖而設的，只要選對尺寸，百合匙可以開啟眾多掛鎖。」王梓解釋：「百合匙的原理是將鎖匙伸入鎖槽後，將四周的彈珠撥開一條通道，然後將鎖芯打開。我還會利用鋼絲、鐵片、齒模等撥動工具，以機械力學原理，運用巧力來撥動鎖芯，達到非破壞性開鎖的目的。」

小柔入神地聽着王梓的解說，緩了一緩，正想開口再問，突然聽到清脆的「撻」一聲，王梓很自豪的説：「開了。」

小柔在旁忍不住拍手叫好，說：「王梓，今次我要重新評估你的能力，你真是很『有型』呢！」

王梓不敢驕傲，直接就拿起第二把鎖頭細細打量，説：「還早。還有兩個呢！」

第二個是一個電子鎖，要用密碼開關，感覺確是件高科技電子產品。

「這個鎖的密碼是數字，整個密碼至少四位數，也有可能是個八位數。王梓，你不是要由0000、0001、0002開始逐組逐組數字慢慢試吧？」小柔又擔心起來了。

王梓像多啦A夢一樣，同樣有一個百寶袋。他在背包中抽出一個小小的黑盒子，上面只有兩個按鍵，一個是電源開關，一個就是開鎖掣。

「開鎖神器，出鞘！」王梓神情得意。只見他將「神器」貼近智能電子鎖，不停來回晃動，又多次按下開鎖掣，三秒間，就開啟了這個高科技電子鎖。小柔還未回得過神來，只懂張大了嘴，完全說不了話。

「其實電子鎖的設計都有漏洞的，我這個神器是個能發出強電磁脈衝的裝置，利用直流電機來驅動當中的芯片來控制開關。簡單來說，我是用這個裝置來干擾電子鎖，令它誤會裝置發出的是開鎖訊號而已。」王梓說：「今時今日的鎖匠，再不是單靠開鎖技術就可以，對於新科技，我們也要有認知的喔！」

吳雪麗來到他倆旁，見王梓這麼快已把兩個鎖處理掉，不禁誇他：「看不

出你小小年紀，卻有大師級的風範！快！快把第三個鎖也開了吧！」

「第三個是傳統保險箱用的機械式手動旋轉盤鎖，我剛才研究了一下，發現它裏面有三組撥片，意思就是有三組密碼。你們要給我一點時間，我要仔細做。」王梓説畢，在背包裏拿出一個醫生專用的聽診器，按着箱子的門，手則扶着旋轉盤鎖，然後逐個數字慢慢轉、仔細聽聲音的分別。

小柔和吳雪麗最初在旁望着王梓開鎖，等着要在鎖開了後那一刻大聲

歡呼，不過開鎖還是要講耐性的，過不了幾分鐘，小柔就遛開了，說要讓王梓靜去處理眼前這個棘手的難關。

十七 空洞的眼睛

小柔回到宋基和徐志清身邊，問：「有什麼發現嗎？」

「沒有，這裏的箱子，裝的全是怪東西，不過真讓我們大開眼界。以前我以為純粹是神話、傳說的故事，原來都是真的。希臘神話裏的主角、中國遠古的傳說人物，很多都有一些遺物在此收藏。」宋基道。

「難怪你說以前有這麼多人甘心冒大險，都要闖上這列幽靈火車，原來這裏的寶物真的多不勝數，只要拿到一件，都可以說是淘了寶，往後的日子就要富着過了！」徐志清道。

「其實大家都明白今次我們闖上幽靈火車的目的，絕對不是要尋寶，我們是真要找出梅爾濱太太被殺的真相，如果可以的話，也要揪出宇宙天鷹這兩個兇手，起回被盜的寶物。」小柔道：「現在王梓正努力開啟最後那個鎖頭，希望裏面的東西可以給我們一點線索吧！」

三個人對箱子裏的東西都充滿了期待，在這百無聊賴的時刻，小柔想起上次媽媽曾經說過，最尾這卡列車有一扇門，可以望向前一卡列車。想到這裏，小柔連忙跑到吳雪麗身旁，問她：「媽媽，你上次說的那扇門呢？在哪？我要看一下！」

吳雪麗帶着三人走到車廂的最前位置，把王梓留在原地繼續開鎖。

「就是這裏了！」吳雪麗道。

這扇門的正中間，是一塊玻璃，正常來說，透過玻璃可以看到第三卡列車上的情況。不過由於現在另一邊車廂上燈光全無，黑沉沉的，這邊車廂卻是燈火通明，就這樣看過去，根本什麼也看不到。

「平常的火車，車廂與車廂之間的門多數是滑門，為了方便乘客走動，大多不會上鎖的。不過這扇門卻鎖得死實，門上又沒有鎖匙孔什麼的！你們看，這兩邊就只有這兩塊小圓窗罷了。」吳雪麗指着門上兩個玻璃做的圓窗，忿忿的道。

門上兩側的小圓窗，一左一右兩兩相對，普通硬幣般大小，上面一塊小小的玻璃。小柔大着膽子，正面貼近了小圓窗，兩隻手在額頭兩側遮着光，意圖看清隔壁車廂的情況。不看也還好，一看之下，竟然見到就在小圓窗的另一邊，有一個人正正站在前面！雖然隔着門，但是發現一步之外有一個人正在冷冷的窺看自己，小柔不禁心裏直發毛，一驚之下，向後晃了一步，正好撞在宋基身上。

「幹嗎？入面有什麼？」宋基隨即問。

「我不知道！有個人在看着我！看不清面容，但眼睛空空洞洞，好像看不到眼珠，又好像能穿透他的眼窩望進去！好恐怖呀！」小柔嚇得花容失色。

宋基這下子也大着膽子，學着小柔的動作，看向玻璃的另一面。「真的是！真的是有個人呀！他完全沒有動！就是定定的看着這邊！這是什麼玩意兒？燈光太暗了，五官也看不清楚呢！」

徐志清也看了一遍，當然也是完全摸不着頭腦。看完以後，又把眼睛湊緊了那個小圓窗上，試圖以別個角度看看另一面。

卻鎖得死實，
門上又沒有鎖匙孔什麼的！
你們看，
這兩邊就只有這兩塊小圓窗罷了。
讓我看看！
幹嗎？

就在這時，小圓窗上的玻璃閃出了ERROR的字，閃動了三次，燈就熄滅了。

徐志清很好奇是什麼回事，在另一邊的小圓窗上做了同樣的動作，把眼睛湊近，上面的玻璃同樣打出ERROR字樣。

小柔看到這情況，就用手指頭在小圓窗上面來回搓抹，這次卻什麼也沒有顯示。再湊近眼睛，又打出ERROR了。

「真奇怪，這兩塊小圓鏡好像只對眼睛有感應？」

他們在這邊研究玻璃、小圓窗近半小時了，戴着聽診器開鎖的王梓卻一直沒動靜，大家也不敢去干擾他。

徐志清和宋基不停地試，用不同的東西去擦拭小圓窗，顯示屏卻一點都沒反應。兩個人輪流把眼睛湊近，顯示屏又即時打出ERROR，屢試不爽。

小柔和吳雪麗見兩人研究得起勁，就靜靜的退到另一邊，看是否有其他新的線索了。

「小柔，重遇你之後，沒多少機會跟你聊聊天。想問你好些時候了……你爸

爸……他好嗎？」吳雪麗像難以啟齒似的。

小柔想了一回，沒想到媽媽在這個時候、這個地方問起這樣的問題。「其實，自我懂事以來，就只爸爸一個人照顧我。他為了供我讀書、給我吃的穿的，每天都早出晚歸辛勤工作。你問我，我會說爸爸非常愛我，什麼事都把我放在第一位。至於他自己的事，無論工作遇到什麼不快，或者有什麼心事，他都很少對我說。可能他始終覺得我還是十多年前那個仍在襁褓中的我吧！」

「父母眼中的子女，永遠都是長不大的，永遠都是小可愛。」吳雪麗舉起手臂繞過小柔的肩膀，想把她抱入懷中。小柔的反應來得有點生硬，可能自小缺乏母愛，感覺總是不太自然似的。這種反應，吳雪麗作為母親當然感應到了，輕輕放開了小柔，說：「你的感受我很明白，對於你，我一直有一份歉疚。如果時光可以倒流，我希望可以重新好好照顧你，不錯過你成長的每一個階段。」

「媽媽，其實你是想念爸爸的，是嗎？」小柔問。

吳雪麗想開口回答之際，突然聽到王梓大叫一聲：「哇！成了！你們過來

吧！」眾人連忙跑過去，齊問：

「鎖開到了嗎？」

「裏面是什麼？」

「快看！快看！」

王梓把木箱的門一掀，眾人的目光都集中到木箱的裏頭了。

「啊！是這個！」吳雪麗用手掩住了嘴。

奇怪的是，連小柔也叫起來了，說：「啊！找到了！找到了！」

王梓剛用了一個多小時解鎖，感覺腦汁、集中力都消耗殆盡了，只得輕聲問：「這是一對普通的玩偶吧，有什麼特別嗎？」

宋基看見吳雪麗和小柔的反應，問：「這……這難道就是梅爾濱太太家中失竊的那對玩偶？」

小柔說：「沒錯，我看了很多舊報紙、文獻，對於梅爾濱太太家中失竊的這對玩偶有一點小印象。它們的尺寸、衣服的顏色、材質，都很切合我印象中的形象。我想它們一定是我們要找的東西了。媽媽，是嗎？」

吳雪麗說：「是！在我外婆過世之後，我在她的遺物中找到一些黑白相片，拍的都是梅爾濱太太很多的收藏品，我記得就在那堆相片中曾經看過這對玩偶！」

徐志清把兩個玩偶放在手中左看右看，說：「雖然是古董，我看也沒什麼特別吧？就是小孩子的玩偶囉！」

宋基拿起女玩偶說：「是呀！看來看去，最特別就是這雙眼睛了，做得很仔細，看上去像真人的眼睛一樣呢！」

小柔聽到這裏，連忙把玩偶搶過去，端詳着玩偶的眼睛，說：「眼睛！啊！這雙眼睛！我懂了！」

十八 冷豔如水的女子

小柔拿着一雙玩偶，抬眼望着大家，「一定是這樣！我們過去！」

大家又走到車廂與車廂間的那扇滑門前，宋基和小柔對望了一眼，同時把玩偶的眼睛湊近門側的小圓窗上，顯示屏隨即打出ACCEPTED字樣，然後「啪」一聲，滑門向一邊自動開過去。

面前是黑漆漆一片，在燈火通明的車廂向前望向伸手不見五指的車廂，大家的眼睛由於尚未適應環境，雙腿也像舉步維艱，未敢大步闖入。

站在門邊的小柔伸手摸摸牆邊，感覺有個開關掣，想都不想就按了下去。室內的燈光隨即亮起，五個人站在原地，不敢妄動。突然卻見到站在門前正中央的那個人！那個眼睛空空洞洞的人！

當然空洞，因為它是一個骷髏骨頭！小柔說得沒錯，真的能夠穿透他的眼窩望出去！

骷髏骨頭下面用時裝店櫥窗那些假人撐起，穿了一件醫生常用的白袍，感覺非常詭異。

五人踏入車廂，滿有戒心地向四周張望，發現車廂內除了門前那個假人支撐的骷髏骨頭外，還有幾十個一模一樣的骷髏骨頭，每個都用假人撐起。難怪吳雪麗最初説隔着玻璃看到車廂內人影綽綽，原來全部都是假人撐起的骷髏頭。

骷髏大大小小，驟眼看上去每個都一樣，只是尺寸稍有不同，大的用大假人撐起，小的則用小假人撐起，卻又怪異地都一樣穿着醫生白袍。

幾十個假人連骷髏頭，充塞了整個空間。五人在假人之間小心走過，感到莫名的神秘感，難免心有畏懼。

突然，一把女聲尖聲怪氣地説：「你們是誰？怎麼闖上了幽靈火車？」

眾人無不打個冷顫，氣氛詭異得令人喘不過氣來。

「你好！我叫小柔！這些都是我的朋友，還有我的媽媽吳雪麗。冒昧闖上火車，先在這裏道個歉！小姐，可以現身說話嗎？」

那聲音續道：「這裏不是你們來玩耍的地方，趁着還可以走，你們快走吧！別要我出手對付你們！」

宋基接着說：「小姐，我們到幽靈火車上來，是要查訪一宗案件，在沒有查清事件之前，我們是不會走的！不如你出來吧！」

王梓也說：「花了我多少時間才開了那幾個鎖，要我走？沒那麼容易！」

「什麼？你說是你一個人開那些鎖的嗎？果然厲害！」女聲由遠至近，說到最後，一個女子已經站在他們身邊，如同鬼魅一般。

只見這個女子極度美麗，皮膚白滑透光，而且身材高挑，絕對是模特兒的料子。女子束有一把長而直的秀髮，中間分界，把面龐遮住大半邊，冷豔如水。身上穿的是窄身的醫生白袍，腳上穿一對黑色的高跟鞋子。如果在其他地方看到她，定會以為她是名模明星！

王梓看見這位如此漂亮的女子，雖然年紀比他大，但愛美之心人皆有之，難免紅着臉，怯怯懦懦似的。「是……鎖都是我開的。」王梓道。

女子又問：「那麼是誰想到要把玩偶的眼睛湊近門上的小圓窗？是誰想到這扇門是用這個方法才能開啟的？」

小柔說：「是我，我見到玩偶的眼睛像真人的眼睛一般，就想到這扇門一定是用瞳孔識別技術來開啟的。」

「果然聰明，你們花了兩、三小時破解的難關，我當年卻用了八、九年時間才想得到。幽靈火車的時間軸，是現實世界的六分一，我這裏花了九年時間，在『你們那邊』，已是五十四年了。」女子幽幽地說：「不過，你們還是得走！別在我的地方妨礙我，我要做的事還多着呢！」

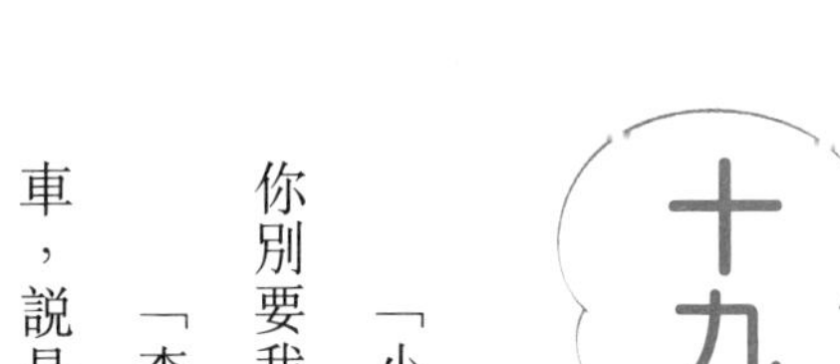

十九 誰是兇手？

「小姐，你是幽靈火車的主人嗎？我剛才說了，我們是要來查一宗案件的，你別要我們走吧！」宋基道。

「查案？查什麼案？你知道嗎？這麼多年以來，有幾多人曾經闖上幽靈火車，說是要查探什麼什麼，又說要找出宇宙的什麼什麼奧秘，全部都是廢話！其實全都是想來搶我的寶物！我把他們全都丟棄在幽靈火車的星空軌跡中，現在都成了銀河垃圾了！哈哈哈！哈哈哈！最可笑的是有兩個十來歲、乳臭未乾的小子，三年多前曾經闖上火車，都被我扔到星空軌跡中了，也可算是『留在宇宙的永恆間』吧！很浪漫是吧！哈哈哈！」女子陰冷的神情，加上這種怪異的笑聲，眾人都覺毛骨悚然。

「小柔，她說三年多前，那就是我們現實世界的十八至二十年左右吧！那她

說的那兩個年輕人，會不會就是張進叔叔的舊同學？」宋基說。

小柔打了一個寒噤，感覺事情詭異到極點。

「我們對這裏的寶物非常好奇，不過絕對不是要來搶東西，你放心好了！」小柔說：「既然我們有能力來到這裏，大家也算有點緣分，也許你要做的事，我們還可以幫上一把呢？」

「小妹妹，別把自己的能力看得太高，你憑一點小聰明開了那扇門，就以為宇宙間再沒有其他難題嗎？真是笑話！」女子說：「告訴我！你們是要來查什麼案子？如果不老老實實，莫怪我把你們逐個逐個推出去變做銀河垃圾！」

「小姐，我是小柔的媽媽吳雪麗，小柔還是個小孩子，你別怪她啊！」吳雪麗道：「我們來，是想查訪幾十年前一宗在英國奎爾刀鎮市郊發生的命案，被殺的人叫做梅爾濱太太，你有聽說過嗎？她被殺後，家裏有三件寶物被偷去，包括我們剛才用來開門的那對玩偶。我們猜幽靈火車跟這宗案件定必有些聯繫，你知道這件事的來龍去脈嗎？」

女子聽到這裏，身上似乎抖了一抖，面上的神情更顯冷漠。

「這事，我當然知道！」女子一字一字，陰森地道：「你們知不知道，作案的人是誰？」

「是一對飛賊，名字是『宇宙天鷹』！」吳雪麗答道。

女子把頭垂得老低，更顯陰森地說：「我的名字，就是宇天。」

眾人啊地一聲，小柔說：「那麼……你就是殺害梅爾濱太太的兇手了！你叫宇天……莫非另一個叫作宙——鷹——嗎？」

「都說你有一點小聰明，沒錯，是我們兩們當晚到她家大宅，想拿走那三件寶物，怎料被她發現了，爭執之間，是我哥哥宙鷹錯手殺了她！」宇天說：「不過，是我們又如何？你們是要把我交給宇宙警察嗎？你們有這本事嗎？奈何得了我嗎？」

眾人無言，似乎都在盤算下一步該當如何。

「你們還是快走吧！趁現在只有我知道你們闖上來了，要走還來得及。如果

我哥哥知道你們來了，你們的後果……哈哈哈……真是不堪設想了！」宇天狂傲地說。

「我看，你哥哥宙鷹要麼不在這裏，要麼根本沒有膽子現身！否則我們談了這麼久，要出來的話都出來了，要對付我們的話都對付了呀？」小柔實施激將法，能拖延多久就多久，總之不要空着手離去。

「哼！你好大的膽！竟然說我哥哥沒膽出來見你！放屁！如果他不是昏迷了，會讓你在這裏亂說話嗎！」宇天說完，隨即發覺自己說多了，連忙說：「即使只有我一個人，也夠趕走你們幾個了！」

「你說宙鷹昏迷了嗎？原來你剛才說的還有事要忙，就是要照顧你哥哥吧！」徐志清道：「算吧，你還是不要死撐了！有什麼難題，我們三個臭皮匠勝過一個諸葛亮呢！」

「宇天姐姐，可能我們真的可以幫你呢？你把事情說出來，大家商量一下有沒有解決方法不好嗎？」小柔真誠地釋出善意。

「嗯……那好！如果我說了出來，你們不能幫我解開這個難題，你們全部都要走！」宇天倔強地說。

當年的案發詳情

宇天的自述：

五十多年前，我在大學裏攻讀考古學，對古物非常有興趣。也許是我生來有點天分吧，我的語言能力頗高，古籍中的希伯來文、拉丁文、巴比倫文等，我很快就學會了。在閱覽羣書之際，竟然讓我破解了一個宇宙的大秘密！

發現這個秘密之後，我查訪了更多古籍、文獻，越知道得多，越被這個秘密吸引，不能自拔。後來我把這事告訴了我哥哥，我們就共同決定，放棄原來的生活，尋訪更多關於這秘密的事。

而這個秘密，就是——人，可以控制時間和空間！

只要得到那個於一七九〇年在法國製造的銅器雕花古董大鐘，和詩人迪戈耳

的頭骨，登上幽靈火車，再利用這對英國玩偶，就可以開啟機關。

我們得到的資料上指出，如果可以啟動機關，那幽靈火車就屬於我們了。到時火車上面的寶物既屬於我們，而我們也能夠控制這列可以穿越時間空間，在宇宙間無限徜徉的火車了！

為了實現我穿越時空的夢想，我更努力尋訪。後來發現，這三件寶物全部都在一個人手上——那就是當時在大英博物館工作的梅爾濱先生。

我和哥哥想了很多計謀，想偷走寶物，無奈梅爾濱大宅守衞森嚴，而且傭人又多，實在很難下手。終於在事發當晚，我和哥哥狠下了心腸，午夜時分闖進大宅。

我們盤算着這次偷到東西自然好，要是偷不到，即使有爭執，甚至有人命傷亡，我們

也是在所不計。

現在回想，我實在悔恨不已。為了自己的夢想搞出人命，我很對不起梅爾濱一家。如果真能控制時間，我希望可以回到過去，真誠地懇求他們借出寶物，而不是像現在這樣，拆散了他們的家。

後來……後來當然我們把寶物搶到手了，也成功找到幽靈火車。

就在我和哥哥闖上幽靈火車那晚，我們把寶物牢牢藏在身上。至於那個大鐘，哥哥則把它綁到自己的背上，誓要把大鐘也一同搬上幽靈火車。

事情當然沒那麼順利，我成功跳上了火車，換我哥哥的時候，因為背上的大鐘實在太重，他人雖然上火車了，頭卻撞上車身，隨即暈去。當時我趕忙從我哥哥身上把大鐘放下，為他施救，無奈他一直沒有醒來。直到今天，他還是這個樣子，像植物人一樣，只有輕輕的呼吸，卻從來沒有醒過來。

最初我們只在第四卡——就是最尾那卡列車上走動，因為我根本想不通，要怎樣才能進入其他車廂。經歷五十四年，我不停在試，不停在試，最後才知道，玩偶的雙眼就是通關的玄機。

可惜，進入第三卡列車後，見到你們眼前這麼多骷髏頭骨，跟我當時手上那個迪戈耳的頭骨根本沒什麼分別，我六神無主，望着昏迷的哥哥，再看看周遭一個一個頭骨，我一時生氣，把迪戈耳的頭骨隨手丟向其他頭骨堆中去，如今我根本搞不清楚，哪一個是普通頭骨，哪一個才是迪戈耳的。

至於那個大鐘，現在就放在第二卡車上，不過究竟有什麼作用，到現在我還是莫名其妙。

二十一　找到迪戈耳的頭骨

聽完宇天的敍述，小柔說：「歸納起來，我們現在有幾個難題。第一，要在這眾多骷髏頭骨中，找出屬於迪戈耳的那個；第二，找出頭骨的機關；第三，找出大鐘開啟第一卡列車的機關。宇天姐姐，是這樣嗎？」

宇天默默點頭，最後還是說了：「如果可以的話，也請你們幫忙把我哥哥救醒。」

王梓久久沒發言，現在突然睡醒了一般，說：「其實我還想再多問一個問題……恕我直言，你說你找到宇宙大秘密的時候是你讀大學時，相信那時你也有二十出頭了吧，然後經歷多番波折才上了幽靈火車，再在火車上五十四年了，為什麼你現在的樣貌還只像個廿多歲的少女？」

宇天的臉泛起了紅霞，說：「不是說能夠掌控幽靈火車就可以控制時間和空

間嗎？在幽靈火車上，時間值不像你們現實生活一樣的，你們的五十四年，在這裏只是九年時間。」

王梓鍥而不捨，又說：「那麼容我再問一下，在幽靈火車上難道不用吃不用喝、不用拉屎的嗎？這些現實問題，你怎樣解決得了？你哥哥宙鷹雖然說是昏迷了，但這裏沒水沒食物，為什麼還能活呢？」

「在幽靈火車上，除了呼吸之外，沒有其他生理需要，我不會感到餓、不會感到渴、不用上廁所，甚至不怎麼睡覺，也不會覺得累。我在火車上九年間，有時看到自己的皮膚狀況、頭髮長度、指甲長度，彷彿就跟九年前一模一樣。我看這就是幽靈火車能夠掌控時間、空間的實證吧！」宇天解釋了大家心裏的疑竇。

小柔說：「王梓，如果你喜歡長生不老，歡迎留在幽靈火車一輩子！不過我們現在要先把難關解決啊！」

宋基接着說：「已經解決了。」

大家連忙問他：「解決了？什麼解決了？」最焦急的，當然就是宇天。

「你們忘了我是從未來回來的嗎？在我的世界裏，對人死後殘留頭骨的腦電波有非常深入的研究，而且為了得到更多的數據，讓科學家可以對這個研究有更深入的認知，我們每一個人在出生的時候就被強制性植入一組微儀器。」宋基詳細地解說。

「不是吧！你們政府這種做法是不是有違私隱呀？」王梓道。

「或許是吧！但為了科學上的更長遠發展和進步，可能就必須犧牲某一些人的權利吧！」宋基說：「這組微儀器除了可以記錄自己的腦電波外，也有一個更大的效用，就是能夠感應其他人的腦電波。」

徐志清說：「真有那麼神奇嗎？那麼你是可以閉着眼睛也感應到我們的思想和情緒嗎？」

「可以這麼說。」宋基回答說：「而我在這卡車廂中，不止感應到你們幾個人的腦電波，還依稀感應到一組非常微弱的腦電波。我想，要找出這個迪戈耳的頭骨，我這個『特異功能』應該可以派上用場了！」

說畢，宋基開始在車廂遊走，逐個逐個頭骨拿在手裏，然後合上眼，把自己的額頭頂上手上頭骨的額頭上，慢慢去感應是否殘留了腦電波。大家看在眼內，雖然覺得這是必要的程序，但情境卻又十分滑稽，大家稍覺放鬆，都坐着等宋基的結論。

只見宋基把感應過的頭骨一個一個放在一邊，「假骷髏」都堆到像小山一般高了，宋基還是未有發現。

又過了很久，宋基拿着其中

一個頭骨感應了好一會，又放在眼前仔細端詳，終於開口說：「是這個了！我肯定這個是迪戈耳的頭骨！」

二十二 拆解古董大鐘的謎團

宇天連忙跑過去，抱起迪戈耳的頭骨，大喊：「找到了嗎？終於找到了！太好了！」

「宋基，辛苦你了！總算解決了這重難關！你真的好棒！」小柔說。

王梓忿忿不平地道：「剛才我開了幾個鎖，你為什麼不讚我棒？」

小柔連忙說：「王梓，你好棒！最棒就是你了！哈哈哈！」

「其實都不知道是不是真的，你看這裏幾十個骷髏頭骨，每一個都是去世了的人的頭骨啦！為什麼你可以找出哪一個是迪戈耳的呢？難道迪戈耳的腦電波會不停說『我是迪戈耳、我是迪戈耳』這樣的嗎？」王梓始終不服。

宋基說：「那很簡單，因為其他頭骨根本沒有發出腦電波，其他頭骨是假的，全部都是贋品，用石膏粉和其他物料做的！」

王梓隨即拿起其中一個假貨，一把扔在地上，骷髏頭應聲而碎。王梓拾起地上其中一塊碎片，用手指一捏，碎粉灑得他一身都是。「果然是假的！手工很精細呢！」

吳雪麗在旁，見他們說話沒完沒了，便說：「是時候去處理下一個難題了，大家別鬧了！」

宇天帶着大家，經過第三卡通往第二卡車廂的滑門，這扇門開關自如，連鎖都沒有，大家大步向前，也沒有想太多了。

偌大的車廂裏，放在正中央的正是那個銅器雕花古董大鐘，時鐘不斷運行，下面的鐘擺左右兩邊一擺一擺，此時此地，顯得甚是奇詭。

大鐘的前面，是用幾個大木箱架起的牀，牀上躺着一位英俊的美男子。即使陷入昏迷狀態，依然可見眉清目秀。大家都想到，這位就是宇天的哥哥宙鷹了。兄妹都長得俊美，幾位年輕人不禁有自慚形穢的感覺。

吳雪麗說：「我們不是醫護人員，面對你哥哥昏迷這種情況，肯定無從入

手。我們不如先看看這個大鐘有沒有什麼線索吧！」

小柔問：「宇天姐姐，我先想問一下，這卡列車是不是也有一扇門可以通往前面的車廂呢？」

「是呀！不過我一直沒辦法開啟那扇門。我想門後面就是這列幽靈火車的駕駛室了。」宇天說。

「那我是否可以大膽假設，如果我們解開了大鐘的謎團，就可以打開這扇門呢？」小柔續問。

「我也不知道，不過古籍裏曾經指出，大鐘和頭骨都是控制時間和空間的關鍵，也許我們解開了這個謎團，就可以……噢！莫非大鐘和頭骨就是用來打開這扇門的嗎？我從來都沒想過呢！會不會是這樣？」宇天說得激動，連呼吸也有點急促起來。

「那我們就來看看這個大鐘究竟什麼葫蘆賣什麼藥！」徐志清道。

大家忙走到大鐘旁，這裏摸摸、那裏擦擦，彷彿這古董大鐘是阿拉丁的神

燈，擦過以後會有精靈跳出來一般。

「其實，所謂幾百年歷史古董大鐘，說就說得神秘了，看到實物，就只是一個鐘而已！有什麼特別呢？」王梓說。

一向較為細心的宋基卻有所發現，「你們看，這鐘像人一般高，除了鐘面和鐘擺之外，下面這麼大的空間，會有什麼在裏面呢？」他說：「要不，我們把這鐘的圍板給拆掉了，看看入面究竟有什麼，你們說如何？」

小柔隨即望向宇天，說：「宇天姐姐，雖然說這座大鐘是你由梅爾濱太太那裏偷出來的，但它也跟隨你好久了，你是否同意我們把它拆開來看看？」

二十三 感應殘留腦電波訊息

「我也是千頭萬緒沒個好計較，怕就只怕拆掉它之後，會連內藏的機關也一併破壞了。」宇天神情甚為擔心。

「不怕，我工具有的是，我會很小心的。我們先把大鐘後面的圍身撬開拆下，看看裏面有什麼，再作打算吧！」王梓道。

王梓從自己的背包中拿出螺絲刀和小鎚子，在大鐘後面蹲下，用手摸着大鐘圍身的邊沿，看哪裏可以更容易把工具插入、撬開。

大家在旁很緊張地看着他忙，只有宋基，又拿起迪戈耳的頭骨，額頭對額頭，完全就像電視劇裏的男女主角接吻前的一刻。

宋基把眼睛也瞇起，貌似非常享受，又非常期待，小柔看見，隨即做出噁心的表情，說：「你不是要吻下去吧？宋基！」

「你別吵，我在感應他的腦電波！」宋基說：「我懷疑在迪戈耳臨去世之前，腦海中不停想着一件事……或者……或者是想着幾個字，直到他死後這麼多年，他的腦電波仍殘留斷續的訊息。」

這時，王梓已把螺絲刀插進大鐘側的邊沿，正在施力意圖撬開背板。

* * *

「密——閉——空——間——」宋基慢慢的說出幾個字。

旁邊眾人完全聽不明白，忙問：「你說什麼了？」

宋基重複：「密閉空間！腦電波殘留的訊息，是『密閉空間』這幾個字！沒有其他了呢！」

只見王梓的巧手已把背板輕輕地卸下，大家忙引頸去看大鐘內的乾坤。

「咦！什麼都沒有！哎唷！真的是白忙了！」徐志清道。

王梓連頭也伸進去大鐘的內部去看，頭伸出來後，又換雙手，伸入大鐘內摸個不停，說：「真的什麼也沒有。」

小柔卻突然說：「咦！大家看，這背板上面有一條銀線，怎麼像極銀紙上的防偽冒裝置呢？」

「啊！大鐘內部的中間位置也有這條銀線，三面都有呢！有什麼用的呢？」

王梓隨手掀開工具箱，拿起了小刀，就想去刮刮那條銀線。

「別刮！別刮！我認得這是什麼！別破壞那條銀線！」宋基焦急的道：「在我的未來世界裏，我曾經在電視上看過一輯醫療特輯，裏面介紹過我們摘取腦電波的技術。那是一個非常特別的裝置，就像一個木箱一樣，木箱裏有一條銀線貼邊，就只約一厘米的高度，銀線貼邊在木箱的中間，團團圍着四面。木箱下面那塊則是一個圓洞，簡單來說，在操作時，只須把整個木箱從上面套入人頭，直至放在他的肩膊上，就可以摘取他的腦電波。」

小柔問：「那麼，你是懷疑……」

「對！我懷疑把迪戈耳的頭骨放進大鐘內，就可以啟動這裏的裝置！」宋基回應。

「難怪你感應到『密閉空間』那樣奇怪的殘餘腦電波訊息！」小柔說：

「好！我們就試試看吧！」

二十四 終於進入駕駛室

小柔拿過宋基手上的頭骨，輕輕把他放進古董大鐘的內部，移好了位置，隨即問：「怎樣？怎樣？有變化嗎？」

大家舉頭看看身處的四周，一切還是老樣子，沒有任何改變。而宇天也走到宙鷹的牀邊查看，檢查哥哥身體是否有什麼微妙的變化。

「沒有喔……什麼都沒有呢！」

吳雪麗突然一拍手，說：「都說是『密閉空間』嘛，王梓，你要把拆下的圍板裝回去才行啊！」

王梓忙動手去做，三兩下功夫便把圍板裝回大鐘的背面，就像從沒打開過一般，仔細察看，可能有些撬開過的痕跡吧。

就在王梓把圍板裝好之際，身後傳來「啪」的一聲，身後的滑門徐徐打開，

大家交換眼神，差點沒歡呼了起來。

大家走到門旁，不敢貿貿然就闖進第一卡列車，大概是知道裏面是這列幽靈火車的控制室吧！

宇天第一個邁步入內，只見前面是一面極闊的大玻璃，視野非常開揚。正在作無軌翺翔的幽靈火車，在夜空中肆意闖蕩，偶爾牽動雲霧，偶爾又似入了星河。看着眼前的景色，大家都呆了，久久不能言語。

大玻璃下是一排控制器，就好像在大型演唱會那些控制台一般，全部都是開關、控制桿，感覺非常複雜。然而詭異的是，控制桿都會自行上下移動，控制台的燈光也會隨着開關而亮起、熄滅。

「有……鬼……呀！」王梓大叫：「控制桿都自己在動！很可怕！」説罷還用兩手掩着頭，還以為真有鬼怪在他前面！

「這是自動導航系統呀！笨蛋！」徐志清説：「原來幽靈火車一直以來都是以自動導航系統來操作的！」

噠／
噠／
噠／
有……鬼……呀！
控制桿都自己在動！很可怕！
這是自動導航系統呀！
笨蛋！
對！只要我們關閉自動導航系統，就可以控制火車！

「對！只要我們關閉自動導航系統，就可以控制火車！以後無論我們在哪個時間點要去哪裏，都可以由我們來決定了！」宇天說：「不過這座控制台如此複雜，要如何控制呢？莫非真要找操作說明書來學習嗎？」

徐志清一向對電腦科技最有興趣，此時就一屁股坐到控制台前，逐個控制桿研究它的用處和操作方法。

只幾分鐘過去，徐志清就大聲地說：「我有信心駕駛這列火車，你們交給我來辦！」

宇天非常興奮，說：「真的嗎？你可以教我控制嗎？求求你教我吧！」

小柔說：「宇天姐姐，叫徐志清教你控制這列火車沒有問題，不過，我希望你先把你的計劃告訴我。我們雖然在這些難關上都站在同一陣線，但你和你哥哥畢竟是殺人兇手，我們有責任要把你們交給執法人員，讓梅爾濱太太在九泉之下都可以得到應有的交代吧！」

宇天說：「不用你說，也不用你提醒我。我知道，我和哥哥實在是闖下了彌天大禍。所以我希望學懂控制這列火車之後，第一件事要做的，就是要回到我們闖上幽靈火車那一晚，確保他不會受傷。然後我會勸服他，回到當年的英國奎爾刀鎮梅爾濱的大宅裏，重新再來一次，我不要再犯這種錯了！事情發生之後，其實我的心裏一直很難過！我寧願懇求她，或者出錢買那些寶物，或者要我做牛做馬來換也好，總之我不會讓流血事件再次發生的了！」

小柔說：「那好！你應承我們要做的事，你一定要好好實行啊！如果你能夠改變當年發生的事，那麼這世界上就不存在梅爾濱太太被殺的事件了，我們回家後，會好好搜尋一下當年的報道，如果你食言了，報道當然仍然存在，那我們就會再找機會登上幽靈火車，好好的跟你算一算這賬了！」

二十五

再享天倫之樂

「爸爸！你回來了！今天辛苦了！」小柔說。

「還好。你怎麼在家？不是說要去靜修嗎？怎麼過了一天就回來？你一定是吃不消靜修營的寧靜吧？」張進道。

「不是啦，爸爸！我知道你一定小看我。不說了不說了！」小柔把嘴嘟起，似要生氣了。

「算了，不去靜修營也好，免得我擔心你幾晚。」張進把外套掛好，突然聽到廚房有人在做菜的聲音，便說：「你又騙你那幾個男同學煮飯你吃了？真不知道這幾個小伙子為什麼事事都聽你的。」

「爸爸，你別問，也先別理這些。」小柔阻止張進走進廚房，然後又說：「爸爸，我有事想問你呢！」

「又拿零用錢了？」張進道。

「不是不是！爸爸，我想問你，媽媽究竟是去了哪裏？」小柔放膽問道。

張進的神情一下子變得嚴肅，剛才慈父的樣子一點也不剩了。「怎麼突然問起這個？你是查案查到上了癮嗎？以為我是欺騙你說你媽媽去世了，其實你根本沒媽媽，是石頭爆出來的？你別看電視劇看太多吧！」

「爸爸，你別想再騙我了。我知道自己不是石頭爆出來的，也知道媽媽……媽媽根本還在生！」小柔道。

張進開始帶點怒氣，說：「你怎麼又說這些呢？我已告訴你了，在你很小的時候，你媽媽就突然離開了，一句話也沒有說，我根本不知道她是去了哪裏。現在即使說她死了，我也不會傷心呢，這麼多年了，我對她已一點感覺也沒有了！」

「爸爸，你先別生氣！難道你一點也不掛念媽媽嗎？難道她回家向你解釋一切，你還不會原諒她嗎？」小柔試探地問。

「哼！我一個大男人帶大女兒，這中間吃了多少苦？不是她肯回來我就要接受她的！算吧！你這些假設性問題，我們還是別多說了！」張進說畢，又向廚房大喊：「你們三個小伙子！晚飯弄好了沒有？我快餓昏了！」

「爸爸，你別口硬吧！我知道你還是很愛媽媽的。有多少個晚上，我見到你拿着媽媽的照片自己在流淚，還說自己是『大男人』！」小柔說。

「你竟然夠膽……」張進隨

手拿起晾衣架，作勢要打小柔，怎料由廚房步出的人影，令他登時目瞪口呆，一鬆手，連晾衣架也掉在地上了。「怎……怎麼……你怎麼回來了？我是做夢了嗎？」

吳雪麗把幾碟小菜放上桌子，說：「先別說了，飯菜都涼了，我們吃飯吧！」

張進像極上了發條的機械人，腿是向着飯桌一步一步走，眼睛卻一秒也沒有離開過妻子。

「爸爸吃飯！媽媽吃飯！」

小柔打從心裏笑出來，感受着懂性以來從來沒有感受過的家庭溫暖、天倫之樂。

*　*　*

飯後，吳雪麗泡了張進最愛喝的龍井茶，坐在他身旁，輕柔地按着他的手，說：「其實事情發生了這麼久，不提也罷，最重要的是我現在回來了，而且也準備永遠留下來陪在你和小柔身邊。這不就夠了嗎？」

張進看着吳雪麗的眼神，無限滿足，也帶幾分少年初戀的靦腆，接着是兩口子的喁喁細語，小柔連忙識趣的退回自己的房間。

小柔坐到電腦前，回來之後一直沒有忘記，自己要再去尋找梅爾濱太太被殺的案件，不過重啟之前找到記載這件事的網頁、舊新聞，卻完全找不到相關報道。

「看來宇天要做的事，已經完成了。不知道宇天和宙鷹兩兄妹現在如何呢？」

想起這對「宇宙天鷹」，小柔不經意看向窗外的天邊，幽靈火車上的種種，究竟在歷史上有沒有發生過呢？若是沒有發生，為什麼自己仍有關於幽靈火車的記憶呢？小柔不禁又開始發呆了。

叮叮！小柔突然被手機的訊息音一驚，啊，是宋基。

基：睡了？

柔：未，上網中

基：找那些新聞？我猜找不到了

柔：確是沒有，沒讓我失望

基：嗯

柔：找我就要問這個？

基：不是啦……在想你

柔：（・(・）

基：也想起另一個人，就是竹山勁太

柔：我打電話給你吧

小柔為免傳訊息太煩，就直接打電話給宋基了，劈頭第一句就說：「為什麼突然想起竹山勁太？」

「不知道，這幾個月來我們都在準備追尋幽靈火車的事，完全把竹山勁太這個人給拋諸腦後了，今天事件終於水落石出，難免又把舊事舊人都想起來了。」宋基少有的感性。

「我也想，不如我們找天去醫院探望他和他的太太吧，你可以陪我嗎？」小柔問。

「當然……其實你有沒有想過，為什麼竹山勁太可以畫出你偵查過的案件？又為什麼他作品中的女主角藍天跟你如此相似？這件事真的好奇怪。」聽聲音已猜到，宋基一定是搔着頭，一臉疑惑。

「你真覺得這事很神奇嗎？我想了很久，越想越覺得這事一點都不神秘，而你就更是最不應該覺得神秘的一位。」小柔胸有成竹，似已把謎團全部解開。

「完全不明白你想說什麼。」宋基頭搔得快要穿了。

「相片中的那個少女，長得像我嗎？我說她分明就是我。」小柔說。

「此話怎說？怎麼你會是藍天？我又為什麼會是最不應該覺得神秘的一個？」宋基道。

「你是來自未來的人，有穿越時空的能力。你有沒有想過，憑着你這個能力，可以帶着未來某天的我，穿越時空，回到竹山勁太未成名前的時候，親口告訴他我曾經偵查過的案件、經歷過的種種，再拍下照片留念……」小柔慢慢解釋了她的見解。

「我懂了……未來的你回到竹山勁太的少年時代……那麼，你為什麼要告訴她你的經歷呢？又為什麼他會把你叫作藍天呢？」宋基提出了連小柔也未能明白的疑點。

「哎唷！我怎麼知道？那是未來的事，啊不，是很久以前的事……」小柔甩甩頭，又說：「我想，可能你可以明天就帶我回到過去，解開這個謎？」

君比・閱讀廊

漫畫少女偵探⑦

幽靈火車

作　者：君比
繪　圖：步葵
責任編輯：龐頌恩
美術設計：鄭雅玲
出　版：山邊出版社有限公司
香港英皇道499號北角工業大廈18樓
電話：(852) 2138 7998
傳真：(852) 2597 4003
網址：http://www.sunya.com.hk
電郵：marketing@sunya.com.hk
發　行：香港聯合書刊物流有限公司
香港新界大埔汀麗路36號中華商務印刷大廈3字樓
電話：(852) 2150 2100　傳真：(852) 2407 3062
電郵：info@suplogistics.com.hk
印　刷：中華商務彩色印刷有限公司
香港新界大埔汀麗路36號

版權所有・不准翻印

二〇一九年十一月初版

ISBN: 978-962-923-484-3
© 2019 SUNBEAM Publications (HK) Ltd.
18/F, North Point Industrial Building, 499 King's Road, Hong Kong
Published and printed in Hong Kong